Le château de Val (XVème siècle)
à Lanobre dans le Cantal
appartient à la commune de Bort-les-Orgues (19110).

DU MOYEN ÂGE
AU TEMPS PRÉSENT

Histoires et poésies

Réalisation: **La Méridienne du Monde Rural**
Directrice de la publication : **Anne de Tyssandier d'Escous**
Auteurs des textes : **collectif d'auteurs**
Illustrations : **DR**

Éditeur : **La Méridienne du Monde Rural**
541 rue des Nadauds -19110 Bort-les-Orgues
adresse de gestion :
93 rue Jules Ferry – 19110 Bort-les-Orgues
la.meridiennedumonderural@gmail.com

Impression : Libri Plureos GmbH,
Friedensallee 273, 22763 Hamburg (Allemagne)

ISBN : 979-10-90416-67-3
Dépôt légal: avril 2025

RECUEIL

DU MOYEN ÂGE AU TEMPS PRÉSENT

Histoires et poésies

Association LA MERIDIENNE DU MONDE RURAL
www.lameridiennedumonderural.fr

www.lameridiennedumonderural.fr

SOMMAIRE

Delphine LAURENT

Illustrations de Michel RIGEL

PALIMPSESTES

Nouvelles inspirées par l'art

LA MERIDIENNE DU MONDE RURAL

www.lameridiennedumonderural.fr

Vies d'un parchemin

par Dorian Hoedt

2025. C'était un parchemin depuis longtemps oublié au fond de son carton. Un simple document sans prétention, relégué sur les rayonnages d'un dépôt d'archives où il n'était dérangé que lorsqu'il fallait dépoussiérer ces rangées d'objets endormis. Rarement consulté, il était abandonné sur son étagère, figé dans son état de conservation grâce aux soins d'archivistes indifférents. Mais le temps, lui ne l'avait pas oublié, imprimant lourdement sa marque : Ses bords avaient été écornés par de nombreuses manipulations. Sa texture autrefois claire s'était flétrie sous l'humidité d'un air stagnant. Et ses écritures qui striaient sa surface jaunie se brouillaient dans un silence criant aux négligences de conservation passées. Bien loin de sa gloire d'antan, il n'était aujourd'hui qu'une ombre ternie de ce qu'il avait autrefois été. Un écho effacé d'un passé que l'on n'interrogeait plus, mais qui attendait toujours patiemment qu'une main curieuse, venant un jour le tirer de son sommeil séculaire, réveille son histoire oubliée.

Plus de mille ans plus tôt…

968 C'était un agneau de quelques jours qui gambadait dans les prés de son innocence. Ses pattes encore frêles mais débordantes de vie l'emportaient dans une danse légère, pleine de candides promesses et de liberté. Insouciant, il ignorait que son destin était déjà tout tracé. Il allait grandir sous l'œil vigilant d'un berger avide de sa toison. Puis, quand sa laine aura été promise aux Moires, une faucheuse en tablier viendra réclamer ses chairs. Et de sa peau dépouillée, l'artisan tissera la toile qui servira de support à de nouvelles histoires.

972. C'était une toison musquée, fraîchement pelée et qu'un épais suif luisant venait alourdir. Des lambeaux de chair pendaient encore sur ses extrémités, tandis que son pelage était maculé d'impuretés. Mais ces détails ne rebutaient guère le parcheminier qui l'avait acquis auprès d'un boucher faisant autant recette de la fourrure que de la chair des animaux qu'il équarrissait. Après avoir ôté tout ce qui dépassait et nettoyé la crasse adhérente à ses poils, il la plongea dans du lait de chaux pour en préparer le débourrage. Pendant une semaine, le doux pelage qui faisait jadis la fierté de l'animal se dégrada lentement sous l'action de la solution alcaline. Sa peau quant à elle, s'avachissait, perdant toute son élasticité. Elle en ressortit flasque et entièrement dégarnie pour être étendue côté fleur sur un chevalet de bois. Une lame s'attaqua alors à ses derniers poils revêches, dénudant patiemment cette peau chaulée et vulnérable qui abandonnait sans résistance ce qui lui restait de pelage. Déchue de son manteau laineux, elle apparaissait maintenant comme une pâte laiteuse, inerte et inconsistante se fondant comme de la cire sur son support de bois. Mais sa brutale transformation n'était pas encore achevée. Car après l'avoir dépouillé de sa toison, venait le tour de ses chairs indésirées pour la confection de parchemins. Une succession de bains de chaux vive lui furent alors infligés, chacun plus mordant que son précédent. Ses graisses se corrodèrent pendant toute une semaine dans ces mixtures caustiques, jusqu'à ce qu'elles se délitent par simple friction de l'ongle. Une fois tirée de son dernier bain, on suspendit cette peau de chagrin sur un cadre vertical moyennant des cordes nouées à des poinçons préalablement percés sur ses extrémités. Étirée en tout sens par ces attaches, ses fibres se déchirèrent sans rompre la surface, détendant davantage cette dernière. Un couteau vint alors lui écharner les dernières épaisseurs de chair que la chaux avait rendu aisément détachables, jusqu'à ce qu'il n'en reste plus que son derme meurtri. Ce dernier fut ensuite poudré de craie, le desséchant et le rendant imperméable à l'encre. Enfin, la pierre ponce gratta ce qu'il pouvait bien rester à dépouiller, amincissant davantage encore une peau déjà bien maigre. Quand elle eut finalement l'épaisseur d'une feuille, au point d'en être presque translucide, l'artisan décrocha cette dépouille transfigurée et la rangea au côté d'autres sur une étagère. Un parchemin venait de naître, témoin muet d'une vie dépossédée et objectivée.

973. C'était un parchemin ordinaire et relativement bon marché, comme il était courant d'en trouver chez ce parcheminier. Il avait alors été acquis auprès de ce dernier par un clerc-scribe pour les besoins de sa paroisse. La peau quitta alors l'atelier qui l'avait vu naître pour un monastère modeste mais animé toutefois par la ferveur des jeunes années. La plupart des parchemins qui entraient en la possession de cette communauté n'étaient cependant pas destinés à y devenir autre chose que des pages des évangiles ou d'un psautier. Mais l'abbaye était récente et les frères désireux de saisir pour la postérité le caractère sacré de leur création. Comme il était alors courant de faire, un scribe fut chargé de rédiger la sainte vie du fondateur de cette communauté monastique. C'est ainsi que ce modeste parchemin devint le support d'une destinée exceptionnelle. Car sous la plume du moine fidèle aux traditions hagiographiques de son temps, les anecdotes devenaient des légendes et les légendes se transformaient en miracles. Une vie nouvelle prenait alors forme dans chaque ligne écrite et dans chaque enluminure réalisée. Quand l'œuvre fut finalisée au bout de plusieurs mois, son origine modeste était définitivement éclipsée par la splendeur du récit et de ses iconographies. Un saint venait d'être créé, certainement promis à une longue dévotion.

1186. C'était une hagiographie démodée, relatant la vie d'un saint local dont le culte n'avait jamais franchi les frontières de sa paroisse natale. Ses cierges, autrefois nombreux, s'étaient depuis longtemps éteints, soufflés par les derniers soupirs de ses derniers fidèles. Et si naguère il avait eu son heure de gloire, voyant sa vie être l'objet d'une fervente dévotion, aujourd'hui il était presque blasphématoire et chacun de chercher ailleurs la divine intercession. Ses reliques disparurent. Ses lieux de culte se reconsacrèrent à d'autres saints plus populaires. Quant à son obsolète hagiographie, elle fut réservée au recyclage. Elle quitta alors la bibliothèque monastique où elle avait pendant si longtemps eu une place de choix pour sombrer dans un poussiéreux pupitre où dormaient d'autres documents. Ceux-ci, sans jamais avoir eu la même gloire qu'elle, allaient désormais partager le même destin. Parfois, quand le pupitre s'ouvrait et que le jour se faisait, une main venait brutalement réveiller ces paperasses en farfouillant parmi elles jusqu'à arrêter son choix sur l'une. Alors, un document disparaissait vers un destin incertain. Puis ce fut au tour de cette hagiographie d'être choisie. Après l'avoir arrachée de son sommeil, la main l'étala sur un pupitre de bois. Ses doigts glissèrent alors sur toute sa surface, comme pour apprécier une dernière fois le ciselage de la calligraphie et des enluminures. Puis, de sa paume, la main la plaqua contre le rugueux pupitre. Une seconde apparut ensuite avec la pierre ponce qui allait définitivement mettre fin à cette vie de saint. Apposée contre le texte, la roche vint gratter sa surface de bas en haut dans une série de gestes réguliers. Sous la friction les mots, les images et la mémoire autrefois sacrés s'effacèrent dans le silence albâtre d'un parchemin à nouveau vierge. Une vie venait de disparaître, mais un palimpseste venait de naître.

Une fois ce travail terminé, la première main lâcha prise tandis que l'autre troqua la pierre contre une plume qui patientait dans un angle du pupitre. Après avoir affûté sa pointe, elle l'abreuva d'encre, puis avec une infinie précaution, macula le parchemin d'une première lettre. Puis d'une seconde, suivie d'une troisième après avoir de nouveau alimenté sa plume du liquide noir et poisseux. Puis d'autres encore jusqu'à faire naître un premier mot sur la surface auparavant blanche de ce parchemin. D'autres survinrent ensuite, scintillantes sous la lumière avant de sécher, et petit à petit une écriture sibylline vint noircir de ses zébrures ce petit bout de peau poncé. Un liquide écarlate, gras et brûlant coula alors sur la base du parchemin. C'était l'une des mains qui venait de le verser. La seconde approcha ensuite un sceau métallique qu'elle appliqua contre ce bouillonnant fluide qui commençait déjà à se figer. Quand elle retira ce galet sigillaire, il avait imprimé sa marque dans la cire, authentifiant alors son contenu.

Une nouvelle vie s'offrit alors à ce parchemin. Il retrouva alors sa place sur les étagères de la bibliothèque ecclésiastique et fut régulièrement consulté afin de trancher des litiges administratifs. Certes, ce n'était pas aussi glorieux que de porter la vie d'un saint et d'être l'objet d'une dévotion toute particulière. Mais son sceau cramoisi conférait une autorité indiscutable à chacune de ses lignes écrites, transformant chaque phrase en règle immuable. Ainsi, le parchemin fut conféré d'une splendeur nouvelle propre à son discret mais indiscutable pouvoir.

1790. Un silence pesait sur les étagères vides de la bibliothèque monastique. Ses murs, imprégnés par des siècles d'Histoire se refermaient lentement sur un passé révolu et dépossédé de ses précieuses reliques. Les échos des moines qui autrefois arpentaient ces allées avec dévotion s'étaient évanouis, emportés par un vent nouveau ; leurs livres, leurs recueils et les documents dispersés par cette bourrasque comme des feuilles dans une tempête. Certains allaient définitivement disparaître, engloutis par la houle du temps. D'autres allaient profiter de l'accalmie pour refaire un jour surface dans des cabinets d'archives privés ou publics. Devenant alors les vestiges d'un temps ancien, les vétérans d'une guerre oubliée qui n'attendent qu'à pouvoir raconter leurs histoires et montrer leurs cicatrices…

Anne de Tyssandier d'Escous
Illustrations par Eyopa Pendragon
LE SEIGNEUR D'APCHON
ET LA JEUNE ORPHELINE
La Méridienne du Monde Rural

Rêves d'Autres Vies

par Maël Lufiacre

Oh, être le jeune prince, se languissant à la fenêtre du haut de sa tour. Être occupé à se morfondre sur cette énième proposition de mariage rejetée, embrassant du regard le jardin qui s'étend au pied du château, dont les buissons parfaitement taillés rappellent l'ardu travail que fournissent les jardiniers… Dont le plus jeune apprenti est l'objet des pensées du prince. Qu'il est beau quand il est au travail ! Peut-être, de loin, voit-il le prince l'admirer.

Oh, être le jeune apprenti jardinier, prélevant discrètement quelques fleurs dans les jardins, dans l'espoir d'un jour réunir le courage de les apporter au prince. Peut-être ce soir ? Peut-être osera-t-il s'introduire tout là-haut, et tendre à travers les barreaux de la cage dorée la preuve d'un amour qu'on ne leur autoriserait pas… Si le courage lui vient, si l'amour, dans le dos, lui octroie des ailes, il ira. Même s'il doit pour cela aller à l'encontre de toutes les volontés du roi.

Oh, être le roi, se désespérant de jamais marier son seul fils, son digne héritier, dont il ne souhaite que le bonheur ! Mais le poids des responsabilités d'un monarque pèse tant dans la balance des émotions– Que faire ? Le prince ne montre aucune envie de se marier… Ses tracas sont bien graves, heureusement, il peut toujours compter sur son fidèle bouffon pour lui remonter le moral.

Oh, être le bouffon, qui a bien remarqué les regards du prince et qui a su les interpréter, être le bouffon qui n'attend que de voir le prochain chapitre de cette histoire, espérant en voir le dénouement avant la fin de sa carrière ; être le bouffon, vieillissant, dont le flot des blagues et des galipettes commence à se tarir, dont l'énergie n'est plus la même que lorsqu'il avait l'âge du jeune prince. S'il le faut, il saura faire diversion pour que le capitaine des gardes ne remarque rien…

Oh, être le chef des gardes, qui gère pour le pauvre roi toute la défense du château et les problèmes qui en découlent, et qui, de racontars en racontars, commence à trouver que le prince passe beaucoup de temps à la fenêtre à regarder les jardins. Déjà que ces fleurs manquantes dans les jardins le troublent… Mais la gouvernante lui affirme que c'est tout à fait normal.

Et, oh ! Être la gouvernante, qui connaît le prince comme son propre enfant, et qui se rappelle par cœur chaque membre du personnel du château ; être la gouvernante qui n'est pas aveugle quant au manège du prince et du jardinier, et qui n'attend que le jour où l'un d'entre eux, timidement, à demi-mots, lui demandera de l'aide afin de communiquer discrètement, jour où elle pourra mettre en œuvre sa connaissance des horaires de tout le château afin d'arranger l'idyllique rendez-vous.

Depuis le champ de papa, j'ai une très bonne vue sur le château. Je n'ai jamais pu y aller, mais je passe beaucoup de temps à m'imaginer ce qui peut bien s'y passer. Ça aide à garder le moral pendant les longues journées passées à labourer la terre. La lumière du soleil, déjà, décline : il me faut rentrer. La bêche de papa sur l'épaule, je me demande si le jeune prince, parfois, rêve lui aussi d'une autre vie, peut-être la mienne ?

J'arrive chez moi après que le soleil se soit complètement couché. J'ai dû finir la route dans la pénombre, mais j'ai l'habitude. Je pousse la porte, et il fait tout aussi sombre à l'extérieur. Nous n'avons qu'une seule bougie, à la maison, et nous la gardons pour les grandes occasions. Maman a rajouté un artichaut dans la soupe d'hier, et l'a réchauffée. Elle est fatiguée, maman : ma plus jeune sœur est née le mois dernier, et a déjà rejoint le seigneur. Papa n'arrive pas à sortir de son lit depuis trois jours, c'est pour ça que je le remplace aux champs. Au marché, quelqu'un qui connaît un docteur a dit à maman que ça s'appelait la dysenterie. Nous prions tous les soirs pour qu'il aille mieux le lendemain, après les prières pour tous mes frères et sœurs au ciel. Papa ne veut pas du bol de soupe que maman lui tend, il ne veut plus manger.

Alors maman ramène la soupe à table, pour moi et les autres. Elle nous sert aussi généreusement qu'elle peut, mais je vois bien que son écuelle est moins remplie que les nôtres.

Pendant le repas, je leur raconte ce qu'il se passe au château ces jours-ci : le prince et le jardinier, notre pauvre roi qui se fait bien du souci, et tous les autres. Quand vient l'heure de dormir, j'aide maman à coucher les plus petits. Je leur promets de leur raconter, demain, la suite des aventures du jeune prince. Comme le vieux bouffon, ils attendent la suite avec impatience. J'espère que les histoires du château viendront visiter leurs rêves, et peut-être ceux de papa aussi: même s'il fait mine de ne pas s'y intéresser, je sais qu'il m'écoute toujours depuis son lit.

Et lorsque tout le monde dort, je sors de notre petite maison. Au loin se découpe la forme du château, doucement éclairé par la lune. A une fenêtre en haut de la tour, celle du prince, je crois, je vois une lumière. Lui n'a sûrement pas besoin d'économiser ses bougies. Peut-être en ce moment est-il perdu dans la contemplation du jardin. Peut-être regarde-t-il vers moi, rêvant d'avoir ma vie comme je rêve d'avoir la sienne.

Panache Occitan

par Françoise Vizy

Au temps du moyen âge
Les seigneurs et les pages
Festoyaient à la cour
Autour des troubadours.

Sublimes chants d'amour
Pour ces dames de velours
Alliant poèmes et ballades
Même en temps de croisades.

Légende du Limousin
Que chante les baladins
Le duc et roi Richard
Mourut sans crier gare.

Une flèche ennemie
Vint lui ôter la vie
Un destin bien cruel
Sans l'ombre d'un duel.

Courageux, téméraire
Imitant Lucifer
Ce brave Cœur de Lion
Déchaîna les passions.

Pleurez donc Preux chevaliers
Pour cet humble prisonnier
D'Aliénor le fils vénéré
Dont le serment fut bafoué.

Un donjon son tombeau
Par un maudit carreau
Une blessure il eut
En la ville de Châlus !

Bannie soit l'arbalète…

La musique des fées

par André Hotte

Dans un vieux grimoire du Moyen Âge, retrouvé dans un meuble vermoulu au fond d'une grange, l'auteur avait écrit un étrange récit :

Ma faux appuyée sur mes épaules, je reviens des champs. Je laisse les autres villageois me devancer, leurs discours ne m'intéressent plus lorsque je suis épuisé. Une longue journée pour récolter les grains pour le seigneur de ces terres. Tant d'efforts pour une misérable pitance afin de nourrir le domaine, ses soldats et les guerres. C'est le lot des petites gens, je n'y peux rien, c'est ainsi qu'en ont décidé les cieux aux dires du prêtre. Je les quitte pour prendre un raccourci au travers des bois, j'aime bien y écouter le chant des oiseaux.

Après quelques pas, j'entends un son étrange, bien différent de mes précédentes traversées. Intrigué, je m'arrête, je dépose la tête de ma faux au sol et je tends l'oreille. Effectivement, je distingue une légère suite de tintements vers ma droite, plus profondément. Il ne faut pas s'aventurer trop loin dans cette forêt, me répète sans cesse ma mère, des êtres magiques et malicieux les habitent. Lorsque j'étais enfant, elle m'avait raconté que l'un d’eux avait jeté un sort au vieux Peuchère, le privant de sa raison. C’est ce qui arrive aux insouciants, mais je ne crois plus à ces histoires, j’ai tout même dix-sept ans, et serai bientôt en âge de me marier.

Intrigué, je laisse la faux près du sentier et je fais quelques pas à travers les fougères.
La légère brise tombe, les feuilles cessent de frémir et j’identifie la direction d’où proviennent ces sons. Déterminé, je me faufile sous les grands arbres à la recherche de leur source. Je fais plusieurs enjambées, corrigeant ma course, et je poursuis jusqu’à une modeste clairière. J’entends une série de petits grelots créant une jolie mélodie…

J’observe avec attention l’endroit, un mouvement attire mon regard, j’aperçois un magnifique papillon aux ailes bleues qui virevolte près d’un bouquet de campanules. Ne voulant pas l’effarer, je m’accroupis et je m’avance doucement sans bruit. En m’arrêtant subitement à dix pas des fleurs, je suis surpris et émerveillé. Au bout des ailes bleues s’agite une minuscule fille à la peau verte et scintillante. Avec ses poings, elle frappe les pétales des fleurs qui produisent un tintement en balançant leur corolle ; elle transforme l'élégance des fleurs en une douce musique. J’observe alors son joli visage exotique : de grands yeux en amande, des oreilles en pointe, un nez presque inexistant, une bouche aux fines lèvres dessinant un large sourire, le tout entouré par une courte chevelure châtaine. Sous le charme de sa beauté, de sa finesse et de son agilité, j'écoute la musique qu'elle compose. Pendant plusieurs minutes, je l'admire en silence jusqu'au moment où elle s'arrête soudainement, se tourne et m'aperçoit. Elle me fixe pendant plusieurs secondes avec des yeux apeurés. Elle recule lentement de quelques battements d'ailes, elle hésite durant quelques respirations en flottant au-dessus des fleurs. Puis elle plisse son front et me quitte dans une folle envolée vers la canopée, laissant derrière elle une trace d'étincelles.

Déçu de la voir ainsi disparaître, je sors de ma cachette et m'approche des campanules. De mon doigt, je frappe légèrement l'une des fleurs et, sans surprise, elle se balance sans aucun tintement. Je pousse un soupir en scrutant les feuillages des arbres avec l'espoir de la revoir. Un peu triste, je retrouve le sentier, reprends ma faux et retourne au village. La mélodie des fleurs tourne sans cesse dans ma tête.

***

Je n'ai pas autant d'entrain aux champs aujourd'hui. Étrangement, une mélancolie m'habite depuis que j'ai rencontré cette fée hier. Je revois son visage enthousiaste pendant qu'elle jouait ses mélodies ; cette image me hante. J'aimerais bien, tout comme elle, transformer les fleurs en musique, créer de magnifiques ariettes avec leur corolle. C'est avec frustration que je poursuis mon dur labeur.

***

La journée est terminée, et durant la corvée une idée m'est venue en tête. Après le maigre dîner de potage de légumes, je me suis affairé à réunir quelques objets. Dans la chèvrerie, j'ai trouvé une série de clochettes de différentes grosseurs, je les place devant moi sur ma couchette. À l'aide d'un petit bâton de bois, je teste leur timbre et j'en sélectionne quelques-unes qui ressemblent aux tintements des campanules. Avec des bouts de ficelle, je les fixe en ordre croissant sur une branche. La tenant d'une main, je frappe doucement la série avec mon bâton en tentant de recréer une des mélodies jouées par la fée. Après plusieurs essais, je suis satisfait, je cache le tout dans une besace que je garde près de moi. J'éteins ma chandelle et je me couche le cœur plein d'espoir.

***

Les travaux sont terminés, je suis à l'orée de la même clairière et j'attends en silence, caché derrière les buissons. Je scrute les feuillages, je discerne deux oiseaux, un écureuil et trois papillons, mais aucune fée des bois. Plutôt que de l'accompagner avec mon instrument pendant qu'elle joue sa mélodie, je me résous à l'attirer avec l'une de mes envolées. Je m'avance dans la clairière et je m'installe, assis parmi les herbes. Ma branche munie de cloches soulevée d'une main je les frappe délicatement à l'aide de mon bâton. Je joue ainsi pendant plusieurs minutes lorsque je remarque un petit mouvement dans les feuilles des arbres : un éclair bleu entre les taches vertes. Encouragé, je m'applique et je répète une séquence qui m'avait énormément plu auparavant. Un bon moment passe sans que je l'aperçoive, mon bras élevé est fatigué, je m'arrête, déçu.

Je m'apprête à ranger le tout dans ma besace lorsque des ailes bleues apparaissent à l'autre bout de la clairière. Une fée se promène en formant des arabesques et elle atterrit sur une grande feuille de fougère. Elle s'y assoit en ramenant les jambes vers elle, les encerclant de ses bras, elle m'observe. Encouragé, je reprends mes mélodies, heureux qu'elle soit venue m'écouter.

Ravi des belles envolées musicales que j'accomplis, sa présence m'inspire ; sa tête penchée légèrement de côté, tout attentive, m'incite à poursuivre. Soudainement, elle saute, prend son envol et s'élève au-dessus de la clairière. Je m'arrête de jouer, je la regarde faire quelques grands cercles, puis elle s'immobilise au-dessus de moi, les bras croisés. Après quelques secondes, elle me surprend en piquant vers le sol et en se posant délicatement à quelques pas devant moi. Les yeux plissés, elle m'observe avec attention en s'avançant lentement dans ma direction.

Je maintiens ma branche de clochettes élevées et retiens mon bâton. Je m'efforce de rester immobile pour ne pas l'effrayer. Rassurée, elle s'approche en quelques sauts, elle vole vers l'une de mes clochettes et la touche de la main. Puis elle me quitte rapidement dans une envolée d'étincelles et retourne s'installer sur sa fougère.

Intrigué, je reprends ma musique et je remarque que la clochette qu'elle a tapée a un timbre légèrement plus aigu. Mes mélodies s'en trouvent nettement améliorées ; j'aperçois la fée qui acquiesce. Après quelques morceaux, elle fait un saut et rejoint un bouquet de campanules. Elle me jette un regard puis elle m'accompagne en tapant sur les fleurs, ajoutant une légère trame de fond tout en douceur. Nous jouons ainsi pendant des heures, offrant chacun à son tour des envolées musicales ou en jouant de concert. Au crépuscule, elle s'arrête et monte au-dessus de la clairière, sa trace d'étincelles l'illumine.
Elle descend en piqué, m'approche et vole en cercle autour de moi, créant une nuée de scintillements. Je l'entends rire et sous l'émotion, je lui souffle un baiser pendant qu'elle s'élève et disparaît parmi les feuillages. Mon cœur bat la chamade, je suis si heureux.

***

Voilà plusieurs jours de suite que je retourne à la clairière et à chaque fois, la fée est présente et m'y attend.

Aujourd'hui, d'autres fées sont venues se joindre à nous. L'une frappe des coquilles d'escargot, une seconde pince les fils d'une toile d'araignée et une troisième souffle dans des joncs. Sans compter toutes celles qui assistent au concert en volant sans cesse au-dessus de nous en chantant. J'ai amélioré mon instrument en ajoutant un support, je peux maintenant frapper mes clochettes à deux mains, créant de jolis arrangements harmonieux.

Durant le jour, je travaille à la récolte dans les champs tout en pensant à de nouvelles mélodies. En soirée, c'est tout un spectacle de musique et de lumière qui s'anime dans la modeste clairière. Quelle grande exaltation lorsque toutes les fées convergent vers moi! Dans un tourbillon de rires et d'étincelles, elles volent de plus en plus rapidement autour de moi, créant une brise qui se transforme en vent et qui se renforce jusqu'à me soulever. Je relâche mes bâtons, je ris, je me laisse emporter dans cette tornade et je m'envole avec elles. Leurs lueurs s'agglutinent à moi et elles me couvrent en entier.

Je ressens une grande chaleur tandis que mon corps se transforme : je deviens l'une d'elles. Comblé, enchanté et exalté, je m'envole avec elles, en chant et en musique.

Noémie Martinez
avec
Elisabeth Noël de Tyssandier d'Escous, 9 ans

Les petites fées de B-19110

LA MERIDIENNE DU MONDE RURAL

www.lameridiennedumonderural.fr

Une rose et d'autres au XVème siècle

par Cindy Chêne

Entendons-nous bien, j'ai toujours fait de mon mieux pour obéir à mes parents en tout point. Après tout, ce sont mes parents, ils savent mieux que moi ce qu'il faut faire. Mais à présent, je sentais tout mon cœur se soulever en regardant cet homme, somme toute, insipide, sans aucune conversation et qui croyait être quelqu'un de valeureux après avoir réussi à soumettre un pauvre vieux chien.

Ma suivante, Rose, marchait derrière nous en silence et essayait de se faire oublier, mais je pensais pouvoir ressentir son mécontentement aussi vivement que le mien. Geoffrey n'était pas un homme foncièrement mauvais, mais il ne m'inspirait pas la plus légère amitié.

Il m'a posé une question que je n'ai pas entendue :

- ….
- Pardonnez-moi?
- Je vous ai demandé si vous appréciez les animaux ?

Il en était encore là !

- Oui, évidemment, les animaux me semblent tellement naturels et dénués des péchés des hommes.
- Je vous assure, ma mie, que ce chien que j'ai dompté n'écoutait pas avant !

- Encore plus de mérite vous revient, en ce cas.

Geoffrey parut se rengorger de fierté. Nous continuâmes cette promenade durant plusieurs longues minutes dans le jardin. Une fois à la roseraie, mes yeux s'arrêtèrent sur un buisson couleur orangée. Le nouveau jardinier était bien plus jeune que le dernier, je n'avais aucune idée de la raison pour laquelle mon père s'était séparé du dernier, après tant de bons services. Mais je ne m'en plaignais pas, ses yeux clairs reflétaient une telle douceur, ses mains larges étaient si délicates quand elles s'occupaient des bourgeons. Sa silhouette, à moitié cachée derrière un arbre plus loin, retint mon attention.

Que ne ferais-je pas pour être libre d'aller lui parler, de l'interroger sur ses fleurs et cette passion qui émanait de lui alors qu'il semblait si concentré sur son travail que rien ne pouvait le troubler.

Geoffrey murmura soudainement mon nom, me tirant de ma rêverie:

- Catherine?

J'ai tourné la tête vers lui et eus peine à masquer ma surprise: il avait cueilli une fleur! J'arrachai mon bras au sien et ignorai sa rose tendue. C'était même une rose orange ! Est ce qu'il l'avait vu…

Mais non, sa silhouette était toujours là-bas, agenouillée sur une parcelle de terre.

- Je n'apprécie pas les fleurs coupées, monsieur. Sachez qu'une fleur coupée est une fleur condamnée à faner, alors qu'une fleur encore plantée est synonyme de vie et de luxuriance.

Il eut un sourire narquois et répondit:

- Pourtant, aucune de ces fleurs n'est aussi admirable que celle qui marche en ce moment à mes côtés.
- Tous mes remerciements pour ce gentil compliment, Monsieur.
- Lorsque nous serons mariés, voudriez-vous une roseraie? Ma demeure n'en comporte pas pour le moment.
- Pourquoi donc, Monsieur? N'aimez-vous donc pas admirer la nature?
- Oui-da, mes servantes me portent chaque matin un nouveau bouquet pour chaque salle de réception.

Je regardais droit devant moi pour éviter de laisser voir mon irritation grandissante. Rose, bénie soit-elle, reconnût mon humeur et se rapprocha prestement de nous:

- Damoiselle Catherine, votre mère vous demande!

Geoffrey intervint, moustache hérissée, irritation pleinement visible:

- Maintenant?
- Oui, Seigneur!

Après une révérence rapide, nous nous sommes éloignées toutes deux. Je la remerciai sincèrement dès qu'il fut hors de portée d'ouïe. Rose murmura :

- Malheureusement, je crains que ce soit vrai. Madame votre mère vous attend dans sa chambre, je pense qu'elle souhaite vous exposer les connaissances nécessaires à votre future vie d'épouse.

Je soupirai fortement.
Je connaissais déjà tout ce que je devais connaître de mes lectures interdites que j'avais commencées dès l'âge de 12 ans. Je savais aussi grâce à cet effort d'instruction, qu'en tant que femme, je ne pouvais aspirer à un autre destin dans notre société. Comme ma mère avant moi avait épousé l'homme choisi par son père, de quatorze ans son aîné, je devrais en faire autant et épouser Geoffrey, petit seigneur plus âgé que moi de seulement un an. Qu'il ne m'inspire aucune forme d'affection ne revêtait absolument aucune importance.
En mon for intérieur, je ne m'interdisais pas d'envisager une plus grande liberté une fois mariée et libre de l'influence lourde de mon père. Devinant mon humeur sombre, Rose osa une plaisanterie pour me changer les idées et me faire sourire…

Noyer la soule

par Louisa Treyborac

Au fil des ans, dans le frimas de l'hiver, les fêtes de mardi gras annoncent pour les chevaliers normands et picards le dernier tournoi d'avant carême. Celui-ci oppose principalement les Seigneurs de Brestmare à ceux d'Ecquebec, ainsi que leurs alliés respectifs. Quelques invités d'honneur s'y joignent selon les années. Si les chevaliers sont passés maîtres dans l'art de l'affrontement et de la joute selon les disciplines rodées dans ce bocage normand en butte aux incursions répétées des Anglois, la paysannerie n'est pas en reste. Le jeu de soule, ou plutôt la guerre pour la vessie de porc gonflée de son qui tient lieu de soule, oppose depuis cinquante années au moins les deux villages. Cette lutte farouche pour parvenir à noyer cette fameuse soule dans la Mare aux Pendus est le rendez-vous le plus attendu de tous les évènements de l'année. Tous les coups sont permis et la violence est gratuite. Cependant, tous les garçons rêvent d'atteindre leurs quatorze ans pour pouvoir affronter les félons de la vallée d'à côté.

C'est dans ce contexte de rivalité et de tension qu'année après année, les jeunes amis d'enfance, Mahaut et Anseau ont eux aussi rêvé de leur participation à la joute ancestrale. Relever le défi et laver la honte des défaites quasi systématiques d'Ecquebec face à Brestmare est en soi, pour les deux amis d'enfance, une bonne motivation. Sauf que cette soule aux formes suaves et au nom féminin est réservée aux garçons.

Et uniquement à eux.
Sans exception possible !
Et donc que la Mahaut n'y aura jamais sa place.
Sauf si…

***

Mahaut dévale la pente en courant à perdre haleine à quelque distance du château d'Ecquebec. Elle pourrait sillonner les lieux les yeux fermés. C'est ici son domaine, là où elle a grandi avec Lohier, son père, l'armurier qui œuvre à la forge.

Oh, que c'est embêtant de rencontrer un sanglier de bon matin quand la nécessaire récolte de pourpier vient de commencer et que si elle n'en rapporte pas en quantité, la faim qui tenaille et ronge accablera encore les petits.

« Seigneur Dieu, pourquoi suis-je donc née fille ? Moi qui aime tant courir, que me sert-il de devoir être engoncée dans cette robe de laine aux multiples jupons de cette toile de lin si pesante. Et avec les bas de chanvre qui tombent pour couronner le tout ! Que cet accoutrement est donc pénible !»

Voici que le sanglier a l'idée de flairer et pister quelque charogne qu'il a tôt fait d'aviser dans le fourré. Ni une ni deux, il se déroute prestement et permet à la jeune fille de reprendre autant son souffle que sa contenance. Non pas qu'elle cherche à impressionner qui que ce soit dans cette plaine désertée à la tiédeur du soir. Elle est seule alentour et pense à rentrer à la masure avant l'heure des loups. Non, la Mahaut est bien bravette. Elle veut juste pouvoir tenir son rang devant les gaillards de son entourage. Aussi, elle ne perd jamais une occasion de s'exercer à tous les arts de la lutte et de la course, arts qui lui sont interdits en théorie. Il lui faut aussi donner le change en tant que fille de Lohier l'armurier ferronnier. Son père est une personne considérée au château. Tout un chacun loue la qualité de son travail et sa proverbiale honnêteté doublée de gentillesse. Quant à Mahaut, elle ne manque jamais d'occasions de toiser, dans son entourage, les hommes qui gravitent autour du Seigneur d'Ecquebec. Les regards que ces derniers lui adressent en disent long sur leurs pensées : ils rêvent de faire de cette paysanne leur amourette de la saison estivale. Mais la Mahaut s'en fiche bien. Elle n'a que faire d'un galant autour d'elle. Que lapins et oiseaux pullulent au printemps, convoler en justes noces n'est pas dans sa ligne de mire.

Elle n'a qu'un souhait : s'entraîner en secret. Car elle a un plan, la Mahaut. Et ce plan demande force vaillance et rigueur de préparation. De cette idée fixe, nul promis ne l'en détournera. Quant à Anseau, son ami d'enfance tout juste revenu de sa formation de chevalier et adoubé six mois plus tôt, il est son allié de toujours. Il sait rire à gorge déployée de la détermination de la jeune fille : la Tenace comme il l'a surnommée. Aussi est-elle bien décidée à ne point le décevoir. Elle sera grimée en manant et assistera Anseau lors de la prochaine lutte des villages pour noyer la soule comme son père ! En mars prochain, c'est décidé, elle prendra place aux côtés des hommes pour défendre la soule. Par quel stratagème ? Elle a neuf mois devant elle pour échafauder un plan et le mettre à exécution. Et c'est plus que suffisant pour quelqu'un plein de ressources comme cette petite futée !

***

De mémoire de Seigneur d'Ecquebec, Théroulde n'a qu'un souvenir unique de victoire contre l'ennemi de toujours qui est aussi son suzerain, à savoir Marhalt du fief de Brestmare. Chaque année, les données sont similaires. Des chevaliers affluent et les alliés de Brestmare sont toujours vainqueurs. Car c'est le tournoi des chevaliers des régions environnantes et il draine tout ce qui aime joutes et rixes dans les contrées normandes et picardes. Il se tient toujours au Pré du Poète, la seule étendue sans pommiers du bocage local à proximité du château de Brestmare. Pré du Poète est d'ailleurs un fort mauvais nom pour ce lieu sans âme si ce n'est celles flottantes des chevaliers décimés par la violence des heurts. Sans arbres, sans ombrage et sans point d'eau potable facilement accessible, ce lieu tient du Calvaire au sens géographique. Un lieu de larmes et de sang. Pour autant, la réputation du tournoi est telle que maints équipages affluent dans le but de transpercer sans se faire trucider. Et tous ne repartent pas dans l'état qui les a vus venir.

Car à l'issue des joutes, le meilleur est à venir. C'est le tournoi dans le tournoi, le défi de la Soule ! Là, tous se donnent avec une énergie décuplée autour de ce bien pauvre trophée qu'est la soule. Une vulgaire vessie de porc bourrée de son ! Il adviendra pourtant une bagarre générale pour obtenir et noyer le précieux sésame. Tous les coups seront permis et malgré les efforts répétés des gens d'Ecquebec, la Seigneurie de Brestmare l'emportera systématiquement et ira noyer la soule dans la mare aux pendus. Théroulde seigneur d'Ecquebec en a ressenti la cuisante humiliation chaque année. Il a toujours su qu'il y avait sans nul doute tricherie et substitution de plusieurs soules. Mais comment le prouver puisqu'il n'y a point de juge pour authentifier de l'honnêteté des protagonistes méchamment opposés. Enfin, chaque année c'est la défaite… Chaque année sauf une. Avec une belle et éclatante victoire, celle de l'exploit du Lohier, il y a vingt ans, déjà ! Mais qu'est-ce qu'une année victorieuse face à cinquante misérables défaites ?

Cette année-ci sera peut-être l'aube d'une ère nouvelle. Avec l'avènement de son aîné, Anseau, que son ami de toujours, le chevalier Hastain de Pierrefonds vient d'adouber chevalier lors de ses vingt-et-un ans, il y aura peut-être, pour Ecquebec, une trouée de lumière dans le sombre palmarès de la guerre de la soule. Anseau est brave et vaillant. Et il s'entraîne patiemment. Et sa force se conjugue au présent de la vie chevaleresque. Mais Théroulde fronce les sourcils d'inquiétude en caressant la tête massive de Torinald, son dogue. Anseau fera-t-il le poids face aux chevaliers de Brestmare, Marhalt et ses fils Adaléron et Mabire ? Et face à cet autre vassal en présence, le terrible Othon de Thorfleur ?

***

Anseau n'est plus visible depuis les créneaux du donjon et Ysabele se dit que l'entraînement doit être fini. Son cœur de mère se serre à chaque pensée du futur tournoi où l'aîné de ses fils sera engagé. Ces diables de Brestmare ne lui feront pas de cadeau et elle prie journellement que Dieu dans sa bonté protège son *lardon* et qu'il soit comme le jeune berger oriental, David, qui anéantit le terrible géant Goliath avec une fronde et une simple pierre de rivière.

Certes Anseau ne ménage pas sa peine et prépare avec assiduité tous les éléments du combat, que ce soit l'épée, la masse d'armes ou la lance. Les coups résonnent sur la quintaine depuis ses vingt et un ans et son adoubement. Qu'Anseau ne soit pas visible l'étonne à moitié, il doit sûrement être avec la Mahaut, le petite de l'armurier qu'il affectionne depuis sa plus tendre enfance. En tout bien tout honneur. Ysabele sourit à la pensée du cœur chevaleresque d'Anseau. N'a-t-il pas sauvé la petiote de la noyade dans les eaux du bec en crue ? N'est-il pas le seul capable de relever tous les défis sanglants et renouveler l'exploit de Lohier ?

***

Le soleil se lève en ce rare jour sans pluie en cette saison de fin d'hiver. La Mahaut s'est préparée chaque jour depuis l'automne, s'infligeant maints exercices douloureux, s'exprimant au maniement d'armes qui ne lui étaient pas destinées. Aguerrie, elle peut lire dans les yeux d'Anseau que cette année, qu'importe les ruses des opposants de Brestmare, c'est Ecquebec qui remportera le défi de la soule car leur unité assaisonnée de subtile ruse balayera tous les opposants.

Croyez-le ou non, ils ont accompli cet exploit à la grande surprise de Dame Ysabele, du seigneur Théroulde, et surtout de Lohier. Ce dernier n'avait pas reconnu sa petiote et se demandait qui était ce manant audacieux qui avait plongé dans la mare. Théroulde avait serré la petite championne dans sa pelisse de renard pour la réchauffer et avait murmuré à son oreille qu'Anseau rêvait à des épousailles que ni lui ni Ysabele ne refuseraient plus désormais. C'était bien au-delà de ce que la Mahaut aurait cru possible. La fille de l'armurier allait devenir la Dame d'Ecquebec.

Et ainsi se termina l'histoire, telle qu'envisagée, par l'éclatante victoire de deux jeunes tourtereaux qui tels le jeune David ont surpassé les géants dressés devant eux !

Moralité : Il ne faut jamais abandonner un projet qui vous tient à cœur.

Stephen le pastoureau

par Josette Fróis

1212. Stephen vient d'avoir douze ans.

Il a vu le jour en 1200, l'année de la fondation de l'Université de Paris, où sont enseignés des savoirs qu'il ignorera à jamais.

Bien que les jeunes nés de la paysannerie, vilains, manants, puissent théoriquement étudier à Paris, il en est bien autrement dans la pratique, le privilège est réservé aux jouvenceaux issus de familles nobles.

Comment Stephen, fils de *païsants*, pourrait-il subvenir à ses propres besoins, seul dans cette grande ville inconnue, située à plus de cent lieues de sa bourgade natale? À plus de cent lieues de chemins tortueux, aux ornières profondes, boueuses ou poussiéreuses, selon la saison, mais toujours propices à des rencontres hostiles.

Outre la distance, la pauvreté et la précarité, le niveau intellectuel représente un obstacle majeur. La maîtrise du latin, langue de communication obligatoire dans le prestigieux établissement est l'apanage des seuls nobles.

Loin de la capitale, Stephen qui, en réalité ignore l'existence de la grande école, se contente de l'enseignement religieux prodigué à l'église de sa bourgade. L'Église détient, entre autres, le monopole de l'éducation des enfants à qui elle est censée transmettre les savoirs fondamentaux : lire, écrire, compter, respecter autrui ; l'apprentissage de la prière ayant toutefois la primauté sur l'ensemble des savoirs.

À douze ans, Stephen n'est plus un enfant, il doit désormais être utile à sa famille. Son éducation est définitivement terminée. Quoiqu'il soit analphabète, il a cependant appris à prier avec ferveur, ce qui est essentiel dans la vie au XIIIème siècle !
Très tôt, il a compris le prix de la vie et sait que, si aucune disette, si aucune épidémie ne dévaste la région, il vivra comme ses grands-parents probablement jusqu'à l'âge de quarante ans.
Ce matin, comme chaque jour, le petit homme conduit fièrement son troupeau au pâturage. C'est la belle saison, il arbore une tenue vestimentaire composée d'une *chainse*, de *braies* et d'une tunique. Il est fier de cette tunique teinte en gris dans un bain d'écorce d'aulne. Un rare cadeau de sa mère, à l'occasion de son passage à l´âge utile. Aux pieds, il porte de simples chausses. Pour compléter cette mise, il est coiffé d'un large couvre-chef qui le protège du soleil.

En hiver, le pastoureau se prémunit d'une seconde tunique plus chaude, d'une pèlerine à capuchon, grossièrement tissée de la laine de ses moutons, et d'une paire de moufles. Malgré la froidure, il passe des journées entières au milieu des pacages.

Comme tous les gardiens de moutons, il est muni d'une longue houlette terminée par un crochet qui sert à ramener la patte de quelque brebis tentée de s'écarter du troupeau. Il a entendu dire que ce bâton de berger a d'autres fonctions quand il s'agit de faire face à des situations plus rudes : éloigner les loups ou autres prédateurs venus menacer le bétail et, peut-être, rappeler les limites du pâturage à un berger sans scrupules, venu d'ailleurs dans l'espoir de faire brouter gratuitement ses brebis sur les terres d'autrui… Car, être berger, c'est aussi accepter tout un lot de responsabilités.
Sa vie est dure, mais pourquoi s'en plaindrait-il? Désormais ses jours s'écoulent au rythme des charges inhérentes à sa vie utile et de la messe dominicale obligatoire. Quant à ses nuits, trop courtes, le jeune pâtre les passe dans le logis familial aux murs de torchis.
Pendant la nuit, Stephen, malgré la faim, rêve tout éveillé et interpelle son destin.
Et tandis que les longues journées d'isolement au sein de la nature succèdent aux nuits blanches évanouies dans l'obscurité de la masure au toit de chaume, Stephen, seul avec son troupeau, continue de rêver et de s'interroger.

Son univers se limite à son village dominé par l'église. Le personnage le plus illustre qu'il ait l'honneur de connaître, c'est monsieur le curé de la paroisse, un homme érudit, qui sait lire, écrire et même parler latin.

Dimanche, lors du sermon, il a communiqué aux fidèles qu'un pape, nommé Urbain II, a appelé les chrétiens à la croisade "pour délivrer le tombeau du Christ tombé aux mains des infidèles".
Stephen s'étonne de la complexité de cet évènement.

La nuit suivante, alors qu'il ressasse cette terrible "nouvelle", il se surprend à dire « Quelle triste nouvelle, mon doux Jésus! quelle triste nouvelle! ».
Et tandis qu'il se lamente de son inutilité face à l'ampleur de l'événement, il est surpris d'entendre la voix de Jésus lui murmurer:

- Ne crains rien Stephen, c'est moi, Jésus. Dis-moi, continue la voix céleste, de quelle nouvelle parles-tu?

- J'ai appris, Seigneur, que votre Tombeau vient de tomber aux mains des infidèles et que le bon pape Urbain a ordonné une croisade. Avec mon travail de berger, comment puis-je répondre à son appel ?

- Ce n'est pas une nouvelle, mon ami. Nous sommes en 1212, Le pape Urbain est ici au ciel, à mes côtés. Son appel date de 1095.

- 1095 ? interroge le pastoureau incapable de calculer le temps écoulé entre les deux dates.

- Exactement, il y a plus de cent ans. Soit, si tu préfères, plus de deux vies d'homme…

- Et votre Tombeau, Seigneur Jésus, demeure aux mains des ennemis ? Mais alors, à quoi servent les croisades dont nous a parlé Monsieur le curé ?

- Les grandes causes ne se gagnent pas sans temps…

- Je crois en vous, Seigneur Jésus, mais plus de deux vies d'homme, tout de même !

Jésus disparaît. Le silence s'installe et Stephen fait vœu de partir en croisade.

Le dimanche suivant, après la messe, il demande instamment à parler à Monsieur le curé, pour une affaire sérieuse. Il ajoute qu'il ne s'agit pas d'une question à régler au confessionnal. Étonné par l'audace du jouvenceau, le prêtre décide de le recevoir.

Stephen lui fait part de la visite de Jésus. Le prêtre l'écoute, incrédule, jusqu'au moment où l'enfant mentionne l'Appel de Clermont et en spécifie la date.

- Mon enfant, s'exclame-t-il, tu es l'un des rares élus de Dieu, mais garde bien ton secret. Que puis-je faire pour t'aider ?

- Vous qui savez écrire le latin, Monsieur le curé, adressez une missive à sa Majesté le bon roi Philippe Auguste et priez-le de m'autoriser à organiser la Croisade des enfants.

Sans rien dire, le prêtre prend aussitôt un beau morceau de parchemin, retire de son écritoire un faisceau de plumes d'oiseau et de roseaux taillés qu'il appelle des calames, fait son choix, ouvre un flacon de brou de noix, y plonge le calame et commence à tracer doucement des caractères étranges sur la peau séchée. Une suite de symboles

disjoints, les uns portant de longues boucles, des hastes filiformes, d'autres plus ramassés, plus arrondis…
À force d'admirer la dextérité du maître, Stephen le pastoureau rêve…

- Avec le bon vouloir de sa Majesté, déclare le prêtre, et l'avis des sages de la grande université…

Stephen continue de rêver… avec l'avis des sages de l'université, Stephen a rallié une cohorte d'enfants qu'il conduit vers Jérusalem…

Livre bilingue de Josette Fróis
publié par La Méridienne du Monde Rural

Ballade à Marguerite

par Daniel Sue

Écoutez cette histoire…

Dans la vallée du marquisat de Provence c'est imperceptiblement que le jour paraît. Le sifflement de quelques passereaux déclenche comme un réveil la sonnerie matinale.
Le sépia s'efface délicatement par petites touches, la palette s'éclaircissant. D'abord le ciel de nuit disparaît au loin, un ciel pâle délayé monte peu à peu, une encre fluide voile les étoiles prisonnières de cette clarté naissante. Alors, derrière les collines percées au sommet d'arabesques, jaillissent les premiers rayons du soleil levant au-dessus du Mont-Ventoux. Dans les prés, sous la rosée les feuilles frémissent, l'herbe craque, la chicorée sauvage bleuit, le jour se lève.

Au mois de juillet la campagne se parfume lentement de cette odeur suave et mielleuse à la fois. En oblique dans les champs le soleil cuit déjà les blés mûrs couchés au pied de la chapelle.

Sous le château arrogant des Comtes de Toulouse[1], les toits soumis des maisons enchevêtrées, écrasées l'une dans l'autre, liées par la peur, s'accrochent sur ce rocher pentu. La porte en bois de chêne du palais épiscopal vermoulue, le lait de chaux blanche, les plafonds fuligineux dégagent une vie austère.

Comme tous les matins du monde, d'une poterne ouvrant directement sur la place du Poids, des lavandières aux rondeurs rassurantes, leurs lourdes robes piquées coincées sur de larges hanches, descendent la calade jusqu'à l'Ouvèze. Elles rient, elles se gaussent de la piétaille qu'elles croisent en chemin, la traitant de "*campanier* du mauvais temps" ou de petit valet.

Dans des criailleries de jouissance de lessiveuses, la poitrine débordante de vigueur, elles s'enhardissent de courage brossant le linge sur la planche dans un tourbillon d'eau glacée avant d'entortiller de deux bras vigoureux le drap meurtri gorgé d'eau.

Sur la rive de la rivière des piles de linge s'entassent sur les cailloux lisses. La toile de lin écru, sale, jetée au hasard du courant dans une farandole de tissus

---

[1] *Les comtes de Toulouse furent marquis de Provence après le mariage, vers 1019, d'Emma de Provence avec Guillaume III Taillefer comte de Toulouse* (NDLR).

trempés s'aplatit brusquement sous la pression de deux mains entre deux cuisses dégarnies. Les draps rêches ou la bure épaisse cèdent enfin la place aux étoffes cotonneuses, de flanelle ou de chanvre plus faciles à essorer.

– Mais, c'est Marguerite… la Marguerite…, s'exclama la plus grosse, la plus effrontée, ses mains mêlées à un jupon de dentelle.
Les lavandières, l'accent chantant posé sur un rondeau reprirent en chœur :
"Marguerite la bergère, sans mari, sans jupon,….
Sans mari, ni jupon, c'est Marguerite la souillon…"

Dans sa vieille cotonnade élimée, Marguerite, le pas léger sautillant d'une pierre plate à l'autre était descendue tôt ce matin faire boire ses chèvres assoiffées. Le cou délicat, la gorge déployée hâlée par le soleil de Provence elle posa ses pieds nus menus sur la grève en amont des matrones.
Les mégères, envieuses certainement d'une beauté qu'elles n'osaient avouer lui lancèrent des cailloux, prétextant que ses animaux salissaient l'eau claire de la rivière.
Ravies de leur méfait, médisantes, les lourdes femmes étalèrent sur les galets les tissus à sécher, avant de s'en retourner dans les ruelles étroites de la petite cité Vaisonnaise.

Effarouchée Marguerite s'enfuit, rameuta son petit troupeau au-devant d'elle et le conduisit près du château comtal sous l'œil amusé de la petite garnison qui logeait dans ces lieux. À l'abri d'un pin elle joua mélancolique de sa flûte un sonnet. Le capitaine, Joachim de Sade, un chevalier au panache légendaire que ses faits d'armes avaient rendu célèbre dans le Comtat Venaissin l'entendit, sonna à son tour du cor de garde pour saluer en écho le charme de cette demoiselle. De sa dague, il coupa sec un bouton d'or et de sang de la poche de sa tunique de serge et le lança au pied de Marguerite.

– Tenez ma mie, le bouton de mon cœur…

Dans sa course pour se saisir du présent Marguerite leva la tête, un minois de charbonnier tellement elle était sale mais sur ce noir dessin il put deviner deux yeux clairs de vérité. Le jeune capitaine subjugué ne vit que ces longs cheveux bouclés couleur paille onduler le long d'un dos gracile jusqu'à des fesses de princesse.

Lorsqu'en fin d'après-midi les lavandières redescendirent les paniers d'osiers posés sur leur tête pour récupérer leur moisson de linge propre parfumé de soleil, en arrivant sur les lieux la première de ces dames pénétrée de son importance accéléra le pas. Poussant énergiquement des coudes elle se mit à psalmodier une neuvaine devant le tableau désolant.

Des paquets de linges froissés jetés au hasard. Des fichus, des bonnets, des chemises de percale, des pantalons, des lainages souillés au milieu de crottes de biques et le plus beau des jupons brodé d'un monogramme, disparu, envolé !
– Au voleur ! au voleur ! on nous assassine…, cria une plus grosse que les autres sous son visage vultueux, apoplectique, prêt à éclater.
Après bien des cris, des injures et autres supplications concédés à la sainte des lieux elles décidèrent d'un commun accord de remonter par la Porte Neuve jusqu'à la maison du viguier. Le tirant certainement de son sommeil de juste, elles le sommèrent de descendre avec elles à la Maison Commune demandant que justice leur soit rendue.

Un cortège de robes en déplacement qui depuis les éclats de voix avait grossi arriva enfin sur la Place du Poids où les consuls avaient l'habitude de se réunir.
On sonna les cloches de la cité, celles qui appelaient à la mobilisation générale et non les cloches de la chapelle Sainte Constance qui appelaient au recueillement.
L'affaire était grave, les plaignantes argumentaient devant les notables alertés par tout ce charivari que leurs jupons de dentelle ajourée avaient disparu.

Dans la Grande-Rue, Bertrand de Montfort, Fabre de Saint Véran, le comte de Blégier prenaient l'affaire au sérieux d'autant plus que l'évêque de Vaison, Odon Aliassi, une calvitie de prélat, sorti de son palais épiscopal voyait là le signe d'une malédiction.

Le soir même le viguier, les consuls, et officiers se réunirent au premier étage de la tour du Beffroi dans une petite pièce à laquelle on accédait par un escalier étroit afin de convenir d'une stratégie à adopter.
L'inquisiteur Carafa n'eut pas de mesure pour désigner les coupables. Il vilipenda de pauvres hères, les traitant de mécréants, ordonnant leur expulsion. L'évêque préférait les soumettre à la question pour qu'ils avouent leur forfait alors que le prévôt demandait un complément d'enquête. Quelques sages se rallièrent à sa proposition et ce n'est que tard sur le soir que les notables quittèrent le donjon ne laissant rien deviner de leurs délibérés.

Comme il est fréquent en cette saison d'été, dans la nuit, un gros orage venu de nulle part éclata au-dessus du rocher de Vaison. La cité se fondit brusquement sous d'épais nuages sombres donnant l'impression d'un décor d'une nuit cabalistique.

Dans des éclairs de feu et de hallebardes la pluie intempestive s'abattit épaisse et chaude sur les masures groupées en haut de l'oppidum.
Aussi soudain le mistral violent et capricieux s'entortilla dans des rafales contrariées sous le vieux pont romain.
En contre-bas de la tour de guet le torrent boueux en cru dévorait avec rage le bord de la falaise.

Dans le château-fort à l'abri du déluge la petite garnison frileuse s'était réfugiée dans une salle au premier étage, seul un soldat dans un hourd battait la semelle sur les planches mouillées.
Alors qu'il effectuait un demi-tour il vit derrière le brouillard oppressant une silhouette illuminée sur un visage de vierge danser. Sous un fin jupon de soierie mouillé collé à sa peau, dans un jet de lumière blanche il devina Marguerite, son corps de déesse ondulant sous la foudre au son d'une flûte champêtre. Ses chèvres autour bêlant sous un tonnerre de Dieu, la coquette enfiévrée dansait avec le *Dieu Pan* ! Elle riait… elle riait… rejetait sa tête à l'arrière, ses cheveux emmêlés couvrant sa nuque frêle. Un ange face à la hardiesse d'un *homme-bouc*.
Le soldat illuminé de tant de vision lubrique en appela à la garde qui aussitôt s'empara de la perfide bergère sous des trombes d'eau. Deux d'entre eux, des fantassins aguerris, de leurs piques effilées se

lancèrent dans l'obscurité au milieu de l'argeiras épineux à la poursuite du monstre mythique. Mais en vain le satyre avait disparu !

Le lendemain matin les soudards crédules, encore ivres d'eau bénite tombée en abondance du ciel livrèrent la sauvageonne aux gens d'armes malgré les incertitudes du preux capitaine.

Enfermée dans la salle de garde à la Porte Vieille les pénitents Blancs l'accusèrent de sorcellerie bien que Marguerite se défendît farouchement, niant les faits qui lui étaient reprochés.

– C'était ma biquette, je dansais avec ma biquette préférée, la Roussette… implorait-elle de sincérité.

– Marguerite la voleuse ! Marguerite la souillon ! hurlaient les femmes sous leur coiffe rabibochée, des ogresses qui auraient dépiauté la pauvre Marguerite si le visage chafouin de l'évêque, prostré dans son siège, adoubé pour la circonstance grand inquisiteur n'avait déjà condamné la diablesse.

Accusée de sorcellerie elle serait brûlée vive le soir même en place d'armes. Mais l'intervention du capitaine, gentilhomme d'honneur et de noble condition qui jura sur Sainte Rusticule, la patronne des Vaisonnais, qu'il n'avait vu à aucun moment de la nuit danser la Bergère avec le Dieu Pan mit fin à toutes les vilenies.

Nonobstant, le viguier assisté des consuls la reconnut voleuse de jupons. Condamnée au carcan elle serait enchaînée sur la Place du Marché et exposée à la vindicte de la populace durant dix jours, le capitaine des gardes devant s'assurer que la punition soit conforme aux délibérations prises par le tribunal de Vaison.

Le soir du troisième jour, enchaînée au collier de fer, assoupie, des larmes de détresse en suspension alors qu'elle pleurait sur son sort, elle sentit une douce fraîcheur sur ses pieds. C'était Roussette qui la léchait de sa langue râpeuse. Elle voulut la prendre dans ses bras mais les fers étaient solides et la chaîne trop courte. Roussette, gaillarde, se réfugia d'un coup de pattes contre le flanc de sa maîtresse, la réconfortant ainsi du mieux qu'elle put.
C'est à ce moment que Joachim de Sade arrivé sur la place dans l'obscurité de la nuit d'été, ému, la découvrit impuissante, les mains liées à cet arceau de ferraille rouillée ; elle faisait pitié ramassée dans sa petitesse.
Il s'avança en armure et, genou à terre, lui prit le galbe de sa jambe meurtrie qu'il mouilla d'un chiffon de réconfort. La bergère se laissa faire attendrie par tant de courtoisie.
Le chevalier voulut lui prendre la main mais elle se refusait obstinément de l'ouvrir.

– N’aie pas peur, susurra-t-il à l’oreille de l’innocente, je veux t’aider…
– Messire, vous ne pouvez rien pour moi, Dieu m’a condamnée.
– Non, rétorqua-t-il, ce sont les hommes qui t’ont condamnée, Dieu n’a pas voulu cette injustice aussi c’est en son nom que je viens te délivrer.
Disant cela, il glissa une clef dans le cadenas qui enserrait le cou de la prisonnière et dégagea ensuite les mains de ses fers.
Ils remontèrent rapidement par le *chemin de l’âne* où le fumier débordait encore des écuries, suivis de la fidèle Roussette.

Arrivés sous l’échauguette, le capitaine prit son fougueux pur-sang puis d’une jambe leste Marguerite sauta à califourchon sur la croupe du bel étalon ceinturant la taille de l’armure de son sauveur. Joachim de Sade tira violemment sur le mors de bride, le cheval impétueux se cabra. C’est à ce moment, alors que Marguerite levait le bras comme à regret pour caresser sa chèvre, la barbichette orpheline, que le bouton d’or et de sang lui échappa malencontreusement de sa main, roulant sur la roche abrupte sans espoir de le retrouver dans une nuit sans lune.
Dès potron-minet, alertée par quelques capons en mal de reconnaissance, une escouade se mit en chemin

pour retrouver son capitaine impavide et la Marguerite sous les huées des manants des lieux.
– Félon, à mort… Marguerite la souillon… félon, félon…

Mais en ces temps-là tous les chemins ne menaient pas à Rome et c'est certainement à la croisée de l'un d'eux qu'ils perdirent leur trace pour se réfugier dans un lieu isolé.
Fort heureusement, car là où ils demeurent désormais on ne l'appelle plus Marguerite la souillon, son capitaine l'a pourvue des plus beaux effets qu'ils soient. Sous un chaperon orfévré, ses cheveux tressés en macaron, parée d'un corsage de calicot, un cotillon brodé sous sa belle robe de surcot fantaisie, tous les soirs, au clair lunaire, au son de la flûte, Marguerite à l'écoute d'une ode héroïque danse sans craindre ni le vent, ni la pluie, pour les beaux yeux de son amoureux.

Attendez !… Mon histoire n'est pas terminée, approchez-vous, voilà plus près…
Si un jour, par un des plus beaux détours vous passez par Vaison-la-Romaine, montez jusqu'au château comtal, et là-haut, parmi les buissons, le romarin ou le laurier thym, à moins que ce ne soit sous une roche étroite, baissez-vous et cherchez le bouton d'or et de sang…

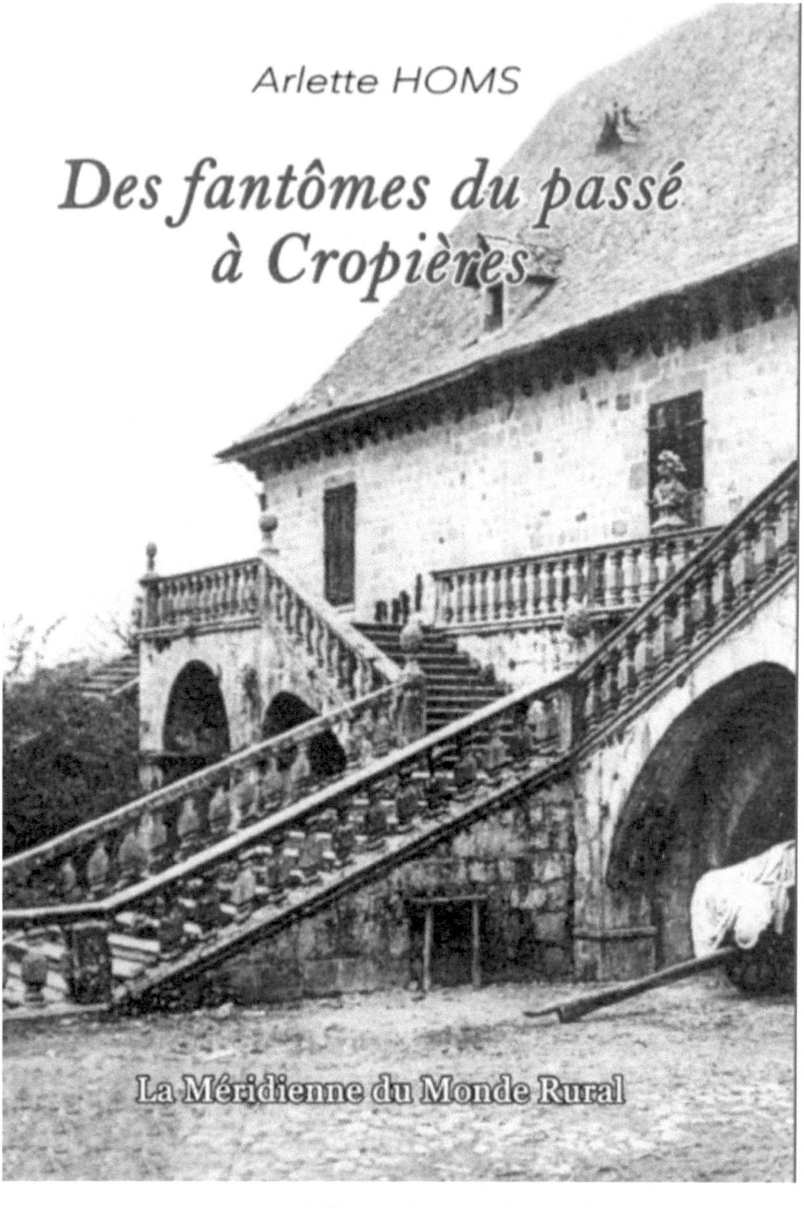

www.lameridiennedumonderural.fr

L'amour courtois au temps du Moyen Âge : la poésie à son service !

par Geneviève Senne-Bachellerie

L'amour courtois au temps du Moyen Âge est un défi aux épreuves et se gagne. Dans l'antiquité classique, le poète est inspiré par les dieux, les muses. Au Moyen Âge, début de l'époque chrétienne, le Christ « admet l'incarnation » cf Michel Zink, la poésie se retrouve être un langage d'ornement. On le voit dans poésie de la musique grégorienne. La poésie est aussi utilisée pour se tourner vers Dieu.

La poésie de l'amour, quant à elle, demeure complexe (tantôt passion, tantôt délicate). Le « traité de l'amour » d'André le Chapelain expose certaines de ses règles ainsi : « qui n'est pas jaloux ne peut aimer », « l'amour croît ou diminue sans cesse », « …les obstacles lui donnent du prix »… On parle d'amour courtois, né à l'origine chez les gens de la cour. Dans la courtoisie, point de violence, tout est mesure… Ce n'est qu'en partie vraie nous expliquent les historiens actuels. Pour cela relisez l'histoire d'«Abélard et Héloïse ».

Le célèbre roman de Tristan et Iseult narre un amour impossible, qui les unit. Ainsi après la mort, de l'un, suivie de celle de l'autre ; on observe une ronce qui pousse d'une tombe à l'autre malgré les coupes qui lui sont faites. Mais alors comment se manifeste, à cette époque, l'amour ?

Aujourd'hui on embrasse ou pas, c'est banal. Alors qu'au Moyen Âge le baiser sur la bouche est le signe d'un fort engagement. L'amoureux « courtois » rend des témoignages de tous ses sentiments et de son respect à sa dame. Chaque signe d'elle en retour est reçu avec joie. Les troubadours (XIIème siècle à fin XIIIème s. et jusqu'au XVème s. pour la musique) composent des textes et des airs qui louent les sentiments amoureux. L'un des plus célèbres Bernard de Ventadour (1125-1200) a d'ailleurs dû fuir à cause de son amour pour la femme du seigneur, dont son père était le servant. A côté d'Egletons on peut voir les ruines du château de Ventadour, des extraits sonores de chants poétiques de cette époque sont en écoute, sur des bornes, lors de la visite. Voici quelques vers de Bernard de Ventadour : extrait de "*Lorsque paraît la fleur parmi le vert feuillage*" :

« …Dame, si mes yeux ne vous voient point
Sachez pourtant que mon cœur vous voit
N'ayez peine plus grande que la peine que j'ai
Car je sais qu'on vous tourmente à cause de moi… »

Aliénor d'Aquitaine (née vers 1122 en France – morte en 1204 à Poitiers) sera nommée « la reine des Troubadours ». Elle organise des « jeux-partis » sorte de joute oratoire où deux thèses différentes sont confrontées. Elle fait se rencontrer des troubadours de régions différentes (auvergnats, limousins), des musiciens. Elle sera à l'origine d'une nouvelle définition de l'amour « fine amor » basé sur l'adhésion sans contrainte, libre et de part et d'autre. Cela consiste en une forme d'élévation de l'esprit et de la conduite face aux « amours grossiers » des hommes de l'époque.

Il faut cependant retenir qu'au Moyen Âge la poésie n'est pas un caprice mais une forme qui a toute sa place dans la panoplie des expressions. L'amour lui servant souvent de support. Elle est adaptée, enrichie d'une personne à l'autre, sans que l'on recherche systématiquement son auteur. Cependant l'auteur parle souvent de lui à la troisième personne dans le début de son texte et se décrit (situation social, sobriquet…). C'est la vie même que la poésie incarne et celui qui la récite se l'approprie.

C'est une société qui au-delà de l'amour aime la gaîté mais qui n'est pas dénuée de violence ne l'oublions pas.

www.lameridiennedumonderural.fr

La Dame de Casteldoze et Armand de Bréon

Dans un vieux château de l'Auvergne millénaire,
Vivait Dame de Casteldoze, à l'allure fière,
Qui hante encore ces murs de sa grâce blessée,
Soupirant en silence d'un amour passionné.

Les vents chuchotent d'elle au détour des couloirs,
Égrenant ses douleurs, reflets de sa mémoire.
Sa beauté captivait les cœurs des troubadours,
Mais seul Armand de Bréon lui plut en retour.

Hélas, des liens sacrés les tenaient enchaînés.
Tout émus, ils savaient leur amour condamné.
Leurs cœurs prisonniers pleuraient leur grande douleur
Liés par des serments et alliances d'honneur.

Armand, dans les batailles, rêvait de son regard,
La Dame, dans sa chambre, priait le doux hasard.
Les étoiles, témoins muets de leurs tourments,
Scellaient en secret leur bel amour hors du temps.

Cette histoire d'amour que l'interdit enchaîne,
Est gravée dans l'écho des montagnes anciennes.
Et pourtant, dans les siècles, leur histoire résonne,
D'un amour impossible que le temps couronne.

NDLR

(Extraits du poème)

« Ja de chantar non degr'aver talant »

de Na Castelosa (Na Castellosa)

« Ai ! bèls amics, sivals un bèl semblant
Mi faitz enant
Qu'èu moira de dolor,
Que lh''amador
Vos ténon per salvatge,
Car joia non m'aven
De vos, dont no'm recré
D'amar per bona fe
Totstemps sens cor volatge.

Mas ja vas vos non aurai cor truant
Ni plen d'engan,
Sitot vos n'ai pejor,
Qu'a grant onor
M'o tenh en mon coratge ;
Antz pens, cant mi soven
Del ric prètz que'us manten,
E sai ben que'us conven
Domna d'auçor paratge.»

(Extraits du poème)

« Jamais je ne devrais avoir envie de chanter »

de Na Castelosa (Na Castellosa)

« Ah ! Bel ami, au moins un beau visage
Montrez-moi, avant
Que je ne meure de douleur,
En effet ceux qui aiment
Vous tiennent pour sauvage,
Car aucune joie ne me vient
De vous, que pourtant je ne cesse
D'aimer de bonne foi
Tout le temps sans cœur volage.

Mais jamais pour vous je n'aurai cœur perfide
Ni plein de tromperie,
Bien que j'ai pire à vous reprocher,
Car à grand honneur
Je tiens cela en mon courage ;
Par contre, quand je me souviens
Du grand renom que vous avez,
Je sais bien que vous convient
Une dame de plus haut lignage.»

www.lameridiennedumonderural.fr